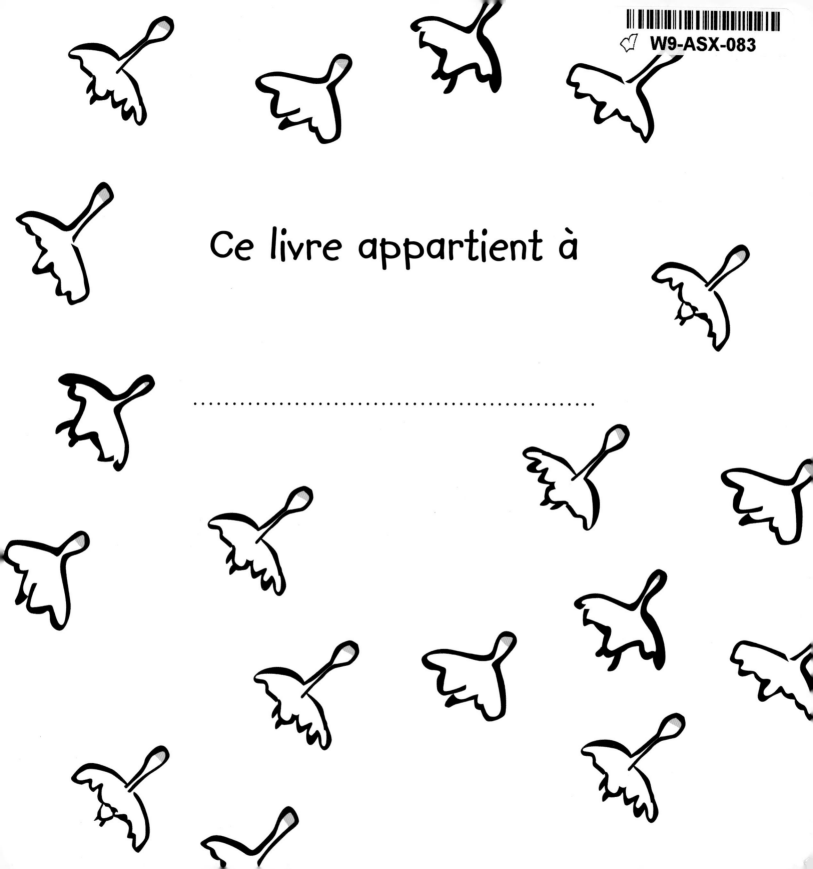

Ce livre appartient à

....

Pour maman, papa et ma sœur Mandi
qui ont toujours cru en moi. Et pour
Dave qui m'a fait croire en moi.

Catalogage avant publication de Bibliothèque et Archives Canada

Wall, Laura
[Goose. Français]
Gédéon / Laura Wall; traducteur, Kévin Viala.

Traduction de : Goose.

ISBN 978-1-4431-3281-7 (couverture souple)

I. Viala, Kévin, traducteur II. Titre. III. Titre : Goose. Français.
PZ23.W3538Ge 2014   j823'.92   C2013-907941-6

Édition publiée par les Éditions Scholastic,
604, rue King Ouest, Toronto (Ontario) M5V 1E1,
avec la permission d'Award Publications Limited.

5 4 3 2 1   Imprimé en Chine CP157   14 15 16 17 18

Gédéon

Laura Wall

Texte français de Kévin Viala

Éditions **SCHOLASTIC**

Voici Sophie.

Elle aime jouer avec *ses* poupées.

Elle aime aussi se déguiser.

Mais toute seule, ce n'est
pas très amusant.

Sa maman l'emmène au parc.

Sophie aimerait monter sur la balançoire à bascule.

Mais un petit garçon est déjà dessus.

Alors, elle va s'asseoir sur la glissoire.

Puis elle va sur la balançoire.

Sophie aimerait avoir un
ami avec qui jouer.

Mais que voit-elle?

Un
jars!

Sophie décide de l'appeler Gédéon.

Gédéon suit Sophie.

Ils s'amusent ensemble sur la
balançoire à bascule.

Et sur la glissoire.

Et sur la balançoire.

Puis c'est l'heure de rentrer à la maison.
Gédéon veut venir lui aussi.

Mais la maman de Sophie dit non.

— Au revoir, Gédéon!

Le lendemain, Sophie retourne au parc.

Et devinez qui l'attend?
Gédéon bien sûr!

Ils s'amusent à nouveau sur
la balançoire à bascule.

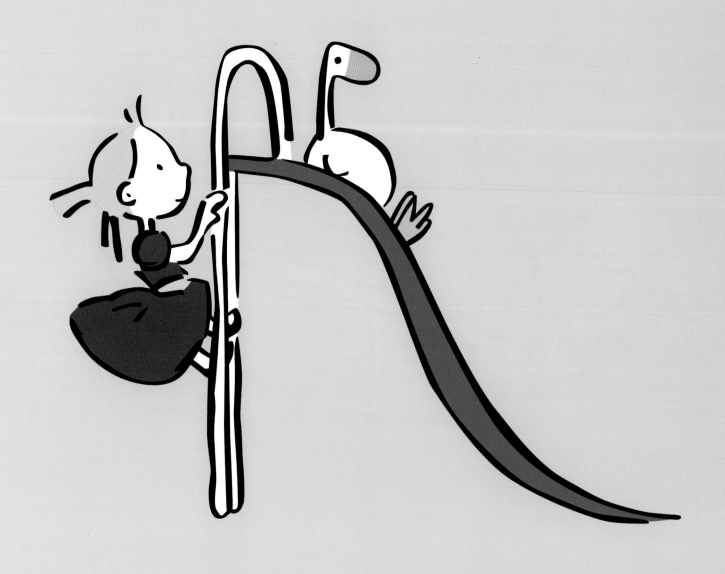

Et sur la glissoire.

Et sur la balançoire.

Puis Gédéon prend un air triste.

Ses amis s'envolent vers des pays chauds pour l'hiver. Il doit partir lui aussi.

— Au revoir, Gédéon!

Le lendemain, Sophie retourne au parc.

Mais Gédéon n'est pas là.

Plus rien n'est pareil.

Elle s'ennuie sans Gédéon.

Au moment de rentrer à la maison,
Sophie entend un son familier.

Coin!

— Gédéon! Tu es revenu!

— S'il te plaît maman, Gédéon peut-il
venir chez nous?

— D'accord, s'il promet d'être sage,
dit la maman.

— Coin! dit Gédéon.